Tabuada

a qualquer hora

Caramelo

Sumário

Lendo números

Na escola de Juciara, estudam 852 alunos.

A ordem de grandeza desse número é a centena. Complete:

C	D	U
8	5	2

...... unidades

...... dezenas ou ...... unidades

...... centenas ou ...... dezenas ou ...... unidades

Hoje, existem cerca de 7 141 000 000 pessoas no mundo. Observe o quadro de classes e ordens e a seguir escreva como lemos esse número.

Classe dos bilhões	Classe dos milhões			Classe dos milhares			Classe dos numerais		
10ª ordem	9ª ordem	8ª ordem	7ª ordem	6ª ordem	5ª ordem	4ª ordem	3ª ordem	2ª ordem	1ª ordem
bilhões	centenas de milhão	dezenas de milhão	unidades de milhão	centenas de milhar	dezenas de milhar	unidades de milhar	centenas	dezenas	unidades
7	1	4	1	0	0	0	0	0	0

Há 7 bilhões ....

.... de pessoas no mundo.

A população do Brasil, em 2013, era de 201 032 714 pessoas. Escreva esse número por extenso: ....

....

Adição

Na classe de Arlete, há 12 meninos e 16 meninas. Quantos alunos há?

$$12 + 16 = ?$$

	......	dezena e	......	unidades	12	→	parcela
+	......	dezena e	......	unidades	+ 16	→	parcela
	......	dezenas e	......	unidades	....	→	soma ou total

Há ...... alunos.

* Adição com reagrupamento

Se entrarem 5 meninos na turma de Arlete, serão 17 meninos. Qual será, então, o total de alunos?

1. Somamos as unidades.
2. Trocamos 10 unidades por 1 dezena.
3. Somamos as dezenas.

$$\begin{array}{r} ^{1}\\ 17 \\ +\ 16 \\ \hline 33 \end{array}$$

O total de alunos será 33.

* Tabuada da adição

1 + 1 = 2
1 + 2 = 3
1 + 3 = 4
1 + 4 = 5
1 + 5 = 6
1 + 6 = 7
1 + 7 = 8
1 + 8 = 9
1 + 9 = 10
1 + 10 = 11

2 + 1 = 3
2 + 2 = 4
2 + 3 = 5
2 + 4 = 6
2 + 5 = 7
2 + 6 = 8
2 + 7 = 9
2 + 8 = 10
2 + 9 = 11
2 + 10 = 12

3 + 1 = 4
3 + 2 = 5
3 + 3 = 6
3 + 4 = 7
3 + 5 = 8
3 + 6 = 9
3 + 7 = 10
3 + 8 = 11
3 + 9 = 12
3 + 10 = 13

4 + 1 = 5
4 + 2 = 6
4 + 3 = 7
4 + 4 = 8
4 + 5 = 9
4 + 6 = 10
4 + 7 = 11
4 + 8 = 12
4 + 9 = 13
4 + 10 = 14

5 + 1 = 6
5 + 2 = 7
5 + 3 = 8
5 + 4 = 9
5 + 5 = 10
5 + 6 = 11
5 + 7 = 12
5 + 8 = 13
5 + 9 = 14
5 + 10 = 15

6 + 1 = 7
6 + 2 = 8
6 + 3 = 9
6 + 4 = 10
6 + 5 = 11
6 + 6 = 12
6 + 7 = 13
6 + 8 = 14
6 + 9 = 15
6 + 10 = 16

7 + 1 = 8
7 + 2 = 9
7 + 3 = 10
7 + 4 = 11
7 + 5 = 12
7 + 6 = 13
7 + 7 = 14
7 + 8 = 15
7 + 9 = 16
7 + 10 = 17

8 + 1 = 9
8 + 2 = 10
8 + 3 = 11
8 + 4 = 12
8 + 5 = 13
8 + 6 = 14
8 + 7 = 15
8 + 8 = 16
8 + 9 = 17
8 + 10 = 18

9 + 1 = 10
9 + 2 = 11
9 + 3 = 12
9 + 4 = 13
9 + 5 = 14
9 + 6 = 15
9 + 7 = 16
9 + 8 = 17
9 + 9 = 18
9 + 10 = 19

10 + 1 = 11
10 + 2 = 12
10 + 3 = 13
10 + 4 = 14
10 + 5 = 15
10 + 6 = 16
10 + 7 = 17
10 + 8 = 18
10 + 9 = 19
10 + 10 = 20

Vamos praticar!

Efetue as somas no caderno ou em uma folha à parte e pinte a figura com as cores correspondentes aos resultados encontrados!

21 + 34 =	87 + 51 =	24 + 83 =	312 + 35 =	481 + 172 =
.....	.....	.....	.....	.....

347	138	55	347	653
107	107	347	138	107
653	55	347	55	107
653	347	55	138	55
55	653	138	347	653

Resolva!

1. Para uma campanha de doação, Fernanda coletou 37 livros em seu bairro e Cléber coletou 56. Quantos livros os dois doaram juntos?
2. Num torneio esportivo, participaram 285 meninas e 321 meninos. Quantas crianças participaram no total?
3. De acordo com o Censo de 2010, a cidade com menor população do Brasil é Serra da Saudade, em Minas Gerais. Nela vivem 430 homens e 385 mulheres. Quantos habitantes há em Serra da Saudade?

Subtração

Cleiton está lendo um livro de 96 páginas. Ele já leu 62 páginas. Quantas páginas faltam para ele acabar de ler esse livro?

...... dezenas e ...... unidades		96	→	minuendo
− ...... dezenas e ...... unidades		− 62	→	subtraendo
...... dezenas e ...... unidades		....	→	resto ou diferença

* Subtração com reagrupamento

Uma semana depois, Cleiton já tinha lido mais 15 páginas desse livro. Quantas páginas faltam para ele terminar a leitura agora?

62 + 15 = 77

1. Como não é possível subtrair 7 unidades de 6, trocamos 1 dezena por 10 unidades, ficando com 8 dezenas e 16 unidades.
2. Subtraímos as unidades: 16 − 7 = 9.
3. Subtraímos as dezenas: 8 − 7 = 1.

$$\begin{array}{r} {}^{8\,1}\!\!\not{9}6 \\ -\ 77 \\ \hline 19 \end{array}$$

Faltam 19 páginas para Cleiton terminar de ler o livro.

* Tabuada da subtração

1 – **1** = 0	2 – **2** = 0	3 – **3** = 0	4 – **4** = 0
2 – **1** = 1	3 – **2** = 1	4 – **3** = 1	5 – **4** = 1
3 – **1** = 2	4 – **2** = 2	5 – **3** = 2	6 – **4** = 2
4 – **1** = 3	5 – **2** = 3	6 – **3** = 3	7 – **4** = 3
5 – **1** = 4	6 – **2** = 4	7 – **3** = 4	8 – **4** = 4
6 – **1** = 5	7 – **2** = 5	8 – **3** = 5	9 – **4** = 5
7 – **1** = 6	8 – **2** = 6	9 – **3** = 6	10 – **4** = 6
8 – **1** = 7	9 – **2** = 7	10 – **3** = 7	11 – **4** = 7
9 – **1** = 8	10 – **2** = 8	11 – **3** = 8	12 – **4** = 8
10 – **1** = 9	11 – **2** = 9	12 – **3** = 9	13 – **4** = 9

5 – **5** = 0	6 – **6** = 0	7 – **7** = 0	8 – **8** = 0
6 – **5** = 1	7 – **6** = 1	8 – **7** = 1	9 – **8** = 1
7 – **5** = 2	8 – **6** = 2	9 – **7** = 2	10 – **8** = 2
8 – **5** = 3	9 – **6** = 3	10 – **7** = 3	11 – **8** = 3
9 – **5** = 4	10 – **6** = 4	11 – **7** = 4	12 – **8** = 4
10 – **5** = 5	11 – **6** = 5	12 – **7** = 5	13 – **8** = 5
11 – **5** = 6	12 – **6** = 6	13 – **7** = 6	14 – **8** = 6
12 – **5** = 7	13 – **6** = 7	14 – **7** = 7	15 – **8** = 7
13 – **5** = 8	14 – **6** = 8	15 – **7** = 8	16 – **8** = 8
14 – **5** = 9	15 – **6** = 9	16 – **7** = 9	17 – **8** = 9

9 – **9** = 0	10 – **10** = 0
10 – **9** = 1	11 – **10** = 1
11 – **9** = 2	12 – **10** = 2
12 – **9** = 3	13 – **10** = 3
13 – **9** = 4	14 – **10** = 4
14 – **9** = 5	15 – **10** = 5
15 – **9** = 6	16 – **10** = 6
16 – **9** = 7	17 – **10** = 7
17 – **9** = 8	18 – **10** = 8
18 – **9** = 9	19 – **10** = 9

Vamos praticar!

Efetue as subtrações e siga os resultados pares para descobrir aonde Dalila foi depois da aula. Você pode fazer as contas em um caderno e pintar o caminho com lápis de cor.

Resolva!

1. Bárbara e sua família estão fazendo uma viagem de carro. De manhã eles percorreram 147 km e à tarde fizeram 256 km. Quantos quilômetros a mais eles percorreram no período da tarde?

2. Bruno tinha uma coleção com 2 800 figurinhas. Ele deu 1 754 delas para sua irmã. Com quantas figurinhas Bruno ficou?

3. Uma padaria vendia 860 pães por dia. Após baixar o preço do pão, passou a vender 1 230 por dia. Quantos pães a mais essa padaria passou a vender por dia?

Multiplicação

Tamires e Rodolfo estão ajudando a organizar a biblioteca da escola.

Em cada prateleira serão colocados 25 livros e em cada estante há 3 prateleiras. Há 12 estantes na biblioteca.

Então, quantos livros são no total?

Quantidade de livros em cada estante

1. Primeiro calculamos 3 × 5 = 15, que são 1 dezena e 5 unidades.
2. Em seguida, calculamos 3 × 2 = 6, e somamos a 1 dezena restante: 6 + 1 = 7.

$$\begin{array}{rl} \scriptstyle 1 & \\ 25 & \rightarrow \text{fator} \\ \times\ 3 & \rightarrow \text{fator} \\ \hline 75 & \rightarrow \text{produto} \end{array}$$

Total de livros na biblioteca

1. Primeiro calculamos 2 × 75.
2. Como 12 = 1 dezena (10 unidades) + 2 unidades, falta calcular 10 × 75.
3. Somamos os resultados.

$$\begin{array}{r} \scriptstyle 1 \\ 75 \\ \times\ 12 \\ \hline {}^{1}150 \\ +\ 750 \\ \hline 900 \end{array}$$

Portanto, a biblioteca da escola de Tamires e Rodolfo tem 900 livros.

* Tabuada da multiplicação

1 × 1 = 1
1 × 2 = 2
1 × 3 = 3
1 × 4 = 4
1 × 5 = 5
1 × 6 = 6
1 × 7 = 7
1 × 8 = 8
1 × 9 = 9
1 × 10 = 10

2 × 1 = 2
2 × 2 = 4
2 × 3 = 6
2 × 4 = 8
2 × 5 = 10
2 × 6 = 12
2 × 7 = 14
2 × 8 = 16
2 × 9 = 18
2 × 10 = 20

3 × 1 = 3
3 × 2 = 6
3 × 3 = 9
3 × 4 = 12
3 × 5 = 15
3 × 6 = 18
3 × 7 = 21
3 × 8 = 24
3 × 9 = 27
3 × 10 = 30

4 × 1 = 4
4 × 2 = 8
4 × 3 = 12
4 × 4 = 16
4 × 5 = 20
4 × 6 = 24
4 × 7 = 28
4 × 8 = 32
4 × 9 = 36
4 × 10 = 40

5 × 1 = 5
5 × 2 = 10
5 × 3 = 15
5 × 4 = 20
5 × 5 = 25
5 × 6 = 30
5 × 7 = 35
5 × 8 = 40
5 × 9 = 45
5 × 10 = 50

6 × 1 = 6
6 × 2 = 12
6 × 3 = 18
6 × 4 = 24
6 × 5 = 30
6 × 6 = 36
6 × 7 = 42
6 × 8 = 48
6 × 9 = 54
6 × 10 = 60

7 × 1 = 7
7 × 2 = 14
7 × 3 = 21
7 × 4 = 28
7 × 5 = 35
7 × 6 = 42
7 × 7 = 49
7 × 8 = 56
7 × 9 = 63
7 × 10 = 70

8 × 1 = 8
8 × 2 = 16
8 × 3 = 24
8 × 4 = 32
8 × 5 = 40
8 × 6 = 48
8 × 7 = 56
8 × 8 = 64
8 × 9 = 72
8 × 10 = 80

9 × 1 = 9
9 × 2 = 18
9 × 3 = 27
9 × 4 = 36
9 × 5 = 45
9 × 6 = 54
9 × 7 = 63
9 × 8 = 72
9 × 9 = 81
9 × 10 = 90

10 × 1 = 10
10 × 2 = 20
10 × 3 = 30
10 × 4 = 40
10 × 5 = 50
10 × 6 = 60
10 × 7 = 70
10 × 8 = 80
10 × 9 = 90
10 × 10 = 100

Vamos praticar!

Vamos brincar com o dominó da multiplicação? Copie as peças no caderno ou em uma folha à parte, encaixando cada multiplicação em seu resultado.

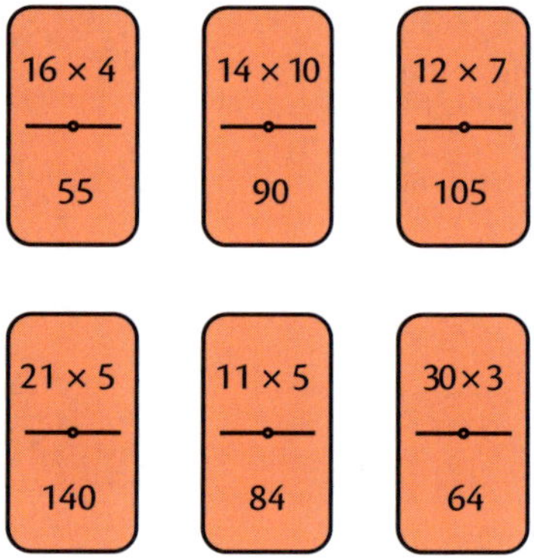

Resolva!

1. O auditório da escola em que Robson estuda possui 27 fileiras com 35 cadeiras cada uma. Vai acontecer uma cerimônia, e 40 lugares estão reservados para os funcionários da escola. Quantos lugares restam para os convidados?
2. Uma máquina produz 28 chinelos por hora. Se uma fábrica possui 4 dessas máquinas, quantos chinelos ela produz em 8 horas?
3. Um prédio de 18 andares tem 2 apartamentos por andar. Em cada apartamento moram 3 pessoas. Quantas pessoas moram no prédio?
4. Rafael está fazendo brinquedos com sucata para distribuir na escola de seu bairro. Usando 6 garrafas PET e uma bolinha, ele faz um jogo de boliche. De quantas garrafas PET ele vai precisar para fazer 20 jogos?
5. Glória tem 21 galinhas. Cada uma delas bota 3 ovos por semana. Quantos ovos serão botados em 4 semanas?
6. A avó de Renato é costureira. No mês passado, ela fez 12 camisas, cada uma com 10 botões, e 5 saias, cada uma com 3 botões. Quantos botões ela usou?

Divisão

* Divisão exata

A escola de Gabriel fará uma gincana, dividindo os 95 alunos do 5º ano em 5 equipes. Quantos alunos terá cada equipe?

1. Dividimos 9 dezenas por 5: 9 ÷ 5 = 1 dezena e restam 4.
2. 4 dezenas e 5 unidades formam 45 unidades.
3. Dividimos 45 por 5. Como 5 × 9 = 45 → 45 ÷ 5 = 9.

dividendo → 95 |5 → divisor
− 45 19 → quociente
resto → 0

Cada equipe terá, então, 19 alunos.

* Divisão inexata

Haverá um torneio de voleibol entre os alunos do 5º ano da escola de Gabriel. Considerando que cada time de vôlei tem 6 alunos, quantos times podem ser formados? Vai sobrar algum aluno?

1. Dividimos 9 dezenas por 6: 9 ÷ 6 = 1 e restam 3 dezenas.
2. 3 dezenas e 5 unidades formam 35 unidades.
3. Dividimos 35 por 6. Como 6 × 5 = 30 → 35 ÷ 6 = 5 e restam 5.
4. 5 não pode ser dividido por 6; então é o resto da divisão.

95 |6
− 35 15
5 → resto

Vão sobrar 5 alunos.

* Tabuada da divisão

1 ÷ **1** = 1	2 ÷ **2** = 1	3 ÷ **3** = 1	4 ÷ **4** = 1
2 ÷ **1** = 2	4 ÷ **2** = 2	6 ÷ **3** = 2	8 ÷ **4** = 2
3 ÷ **1** = 3	6 ÷ **2** = 3	9 ÷ **3** = 3	12 ÷ **4** = 3
4 ÷ **1** = 4	8 ÷ **2** = 4	12 ÷ **3** = 4	16 ÷ **4** = 4
5 ÷ **1** = 5	10 ÷ **2** = 5	15 ÷ **3** = 5	20 ÷ **4** = 5
6 ÷ **1** = 6	12 ÷ **2** = 6	18 ÷ **3** = 6	24 ÷ **4** = 6
7 ÷ **1** = 7	14 ÷ **2** = 7	21 ÷ **3** = 7	28 ÷ **4** = 7
8 ÷ **1** = 8	16 ÷ **2** = 8	24 ÷ **3** = 8	32 ÷ **4** = 8
9 ÷ **1** = 9	18 ÷ **2** = 9	27 ÷ **3** = 9	36 ÷ **4** = 9
10 ÷ **1** = 10	20 ÷ **2** = 10	30 ÷ **3** = 10	40 ÷ **4** = 10

5 ÷ **5** = 1	6 ÷ **6** = 1	7 ÷ **7** = 1	8 ÷ **8** = 1
10 ÷ **5** = 2	12 ÷ **6** = 2	14 ÷ **7** = 2	16 ÷ **8** = 2
15 ÷ **5** = 3	18 ÷ **6** = 3	21 ÷ **7** = 3	24 ÷ **8** = 3
20 ÷ **5** = 4	24 ÷ **6** = 4	28 ÷ **7** = 4	32 ÷ **8** = 4
25 ÷ **5** = 5	30 ÷ **6** = 5	35 ÷ **7** = 5	40 ÷ **8** = 5
30 ÷ **5** = 6	36 ÷ **6** = 6	42 ÷ **7** = 6	48 ÷ **8** = 6
35 ÷ **5** = 7	42 ÷ **6** = 7	49 ÷ **7** = 7	56 ÷ **8** = 7
40 ÷ **5** = 8	48 ÷ **6** = 8	56 ÷ **7** = 8	64 ÷ **8** = 8
45 ÷ **5** = 9	54 ÷ **6** = 9	63 ÷ **7** = 9	72 ÷ **8** = 9
50 ÷ **5** = 10	60 ÷ **6** = 10	70 ÷ **7** = 10	80 ÷ **8** = 10

9 ÷ **9** = 1	10 ÷ **10** = 1
18 ÷ **9** = 2	20 ÷ **10** = 2
27 ÷ **9** = 3	30 ÷ **10** = 3
36 ÷ **9** = 4	40 ÷ **10** = 4
45 ÷ **9** = 5	50 ÷ **10** = 5
54 ÷ **9** = 6	60 ÷ **10** = 6
63 ÷ **9** = 7	70 ÷ **10** = 7
72 ÷ **9** = 8	80 ÷ **10** = 8
81 ÷ **9** = 9	90 ÷ **10** = 9
90 ÷ **9** = 10	100 ÷ **10** = 10

Vamos praticar!

Complete os cálculos e preencha o diagrama escrevendo por extenso os números que faltam. Você pode fazer as contas no caderno ou em uma folha à parte.

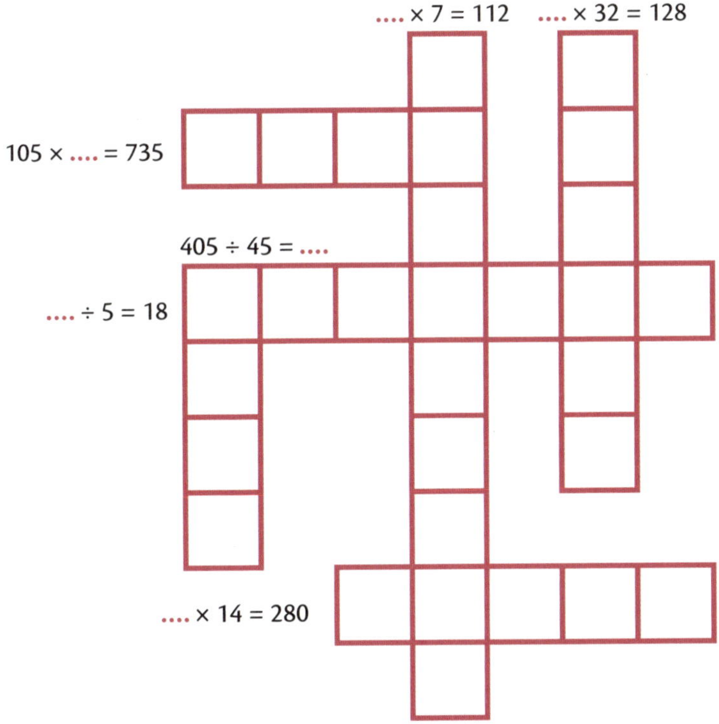

Resolva!

1. O pai de Sabrina fez um bolo e cortou em 15 pedaços iguais. Se ela e sua irmã dividirem o bolo, quantos pedaços cada uma comerá? Sobrará algum pedaço?
2. Em um ônibus de viagem cabem 36 passageiros. Uma escola levará 230 alunos para uma excursão. Quantos ônibus serão necessários? Quantos alunos irão no último ônibus?
3. Reniel quer organizar 324 bombons em caixas. Em cada caixa cabe uma dúzia de bombons. Quantas caixas serão necessárias? Sobrará algum bombom?
4. Daiane quer comprar 180 balões para sua festa de aniversário. Se cada pacote vem com 30 balões, quantos pacotes ela precisa comprar?

Números romanos

Na Antiguidade, os romanos usavam letras para representar números. Eles usavam 7 letras para representar todos os números.

I	V	X	L	C	D	M
1	5	10	50	100	500	1 000

Para escrever os outros números, seguimos estas regras:

- Se a letra da esquerda é igual à da direita ou maior que ela, adicionamos os valores. Por exemplo: VIII = 5 + 3 = 8.
- Se a letra da esquerda é menor que a da direita, subtraímos os valores. Por exemplo: XL = 50 − 10 = 40.
- I, X, C e M podem ser repetidas até 3 vezes, por exemplo: CCC = 300.
- I vem antes de V ou X.
- X vem antes de L ou C.
- C vem antes de D ou M.

Atualmente, ainda usamos números romanos em algumas situações. Você se lembra de alguma?

Vamos praticar!

1. Que horas são?

....

2. Escreva os números a seguir com algarismos arábicos.

a) XLVIII = ...

b) CXLV = ...

c) XIX = ...

d) XXIII = ...

e) CLXXII = ...

f) XXXIX = ...

Números ordinais

Os números ordinais indicam ordem, posição ou lugar.

1º → primeiro	40º → quadragésimo
2º → segundo	50º → quinquagésimo
3º → terceiro	60º → sexagésimo
4º → quarto	70º → setuagésimo
5º → quinto	80º → octogésimo
6º → sexto	90º → nonagésimo
7º → sétimo	100º → centésimo
8º → oitavo	200º → ducentésimo
9º → nono	300º → trecentésimo
10º → décimo	400º → quadringentésimo
20º → vigésimo	500º → quingentésimo
30º → trigésimo	1 000º → milésimo

Vamos praticar!

1. Responda no caderno ou em uma folha à parte:

a) Qual é o quarto mês do ano?

b) Qual número ordinal representa o mês do Natal?

c) Que número ordinal representa o dia do seu aniversário?

d) Se um atleta fica em décimo terceiro lugar em uma corrida, quantos competidores chegaram à sua frente?

2. Complete:

a) 42º → ....

b) ..... → octogésimo quinto

c) 32º → ....

d) ..... → setuagésimo terceiro

e) 234º → ....

f) ..... → quadringentésimo quinto

Números decimais

Veja as diferentes formas de representar a parte colorida da figura abaixo.

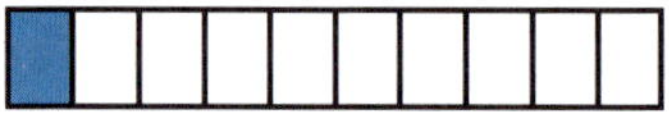 → $\frac{1}{10}$ → 0,1 → 1 décimo

0,1 é um número decimal.

fração decimal → $\frac{1}{10}$

número decimal → 0,1

$$\frac{1}{10} = 0,1$$

Nesse tipo de número, a vírgula separa a parte inteira da parte decimal.

1,25

inteiros	décimos	centésimos
1,	2	5

Antes da vírgula, escrevemos as **unidades**. A primeira casa depois da vírgula é a dos **décimos**. E a segunda casa é a dos **centésimos**.

Vamos praticar!

1. Complete o quadro:

	inteiros	décimos	representação fracionária
5,7			
0,8			
4,2			

2. Complete os itens a seguir:

a) ...... → quatro inteiros e vinte e dois centésimos

b) ...... → três inteiros e oitenta e três centésimos

c) 7,08 → ....

d) 2,60 → ....

* Medidas de comprimento

Você sabia que a maior cobra do mundo tem 15 metros de comprimento?

A principal unidade de medida de comprimento é o **metro (m)**. O metro tem múltiplos e submúltiplos, que são unidades maiores e menores que ele. Observe:

× 10 × 10 × 10 × 10 × 10 × 10

quilômetro	hectômetro	decâmetro	metro	decímetro	centímetro	milímetro
km	hm	dam	m	dm	cm	mm

÷ 10 ÷ 10 ÷ 10 ÷ 10 ÷ 10 ÷ 10

Para converter unidades de medida, fazemos uma divisão ou uma multiplicação por 10. Assim, se tenho 2 metros de tecido e quero saber quantos centímetros isso dá, basta calcular: 2 × 10 × 10 = 200 centímetros.

Resolva!

Complete as frases.

a) Um metro equivale a 10 decímetros e a 10 × 10 = ... centímetros.

b) Um centímetro equivale a ...... milímetros.

c) Um quilômetro equivale a 10 × 10 × 10 = ... metros.

d) Um metro equivale a .... milímetros.

* Medidas de superfície ou área

Você sabia que o Maracanã é o maior estádio de futebol do Brasil? Tem mais de 180 000 m²!

O **metro quadrado (m²)** é a principal unidade de medida usada para medir a superfície de um lugar ou objeto.

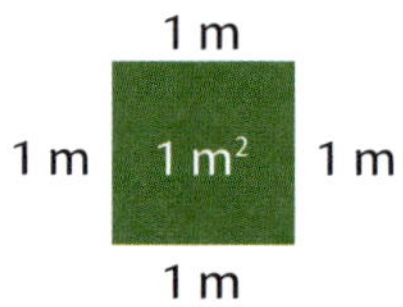

$$1\ \text{m} \times 1\ \text{m} = 1\ \text{m}^2$$

Para descobrir a área de um lugar, multiplicamos a medida de seus lados.

* Medidas de volume

Para medir o espaço ocupado por um objeto, usamos o volume. A principal unidade de medida de volume é o **metro cúbico (m³)**.

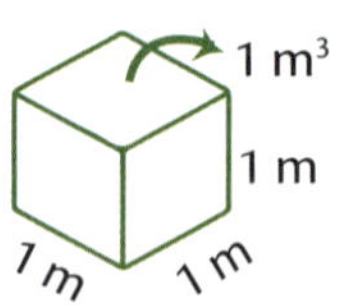

$$1\ \text{m} \times 1\ \text{m} \times 1\ \text{m} = 1\ \text{m}^3$$

Para descobrir o volume, multiplicamos a altura, a largura e a profundidade de um corpo.

Vamos praticar!

O pai de Samantha comprou um terreno para transformar em uma chácara. Ele quer construir uma casa com 200 m^2 e fazer uma horta com 400 m^2. A malha quadriculada abaixo simboliza esse terreno, e cada quadrinho representa 10 m de comprimento e 10 m de largura. Pinte de vermelho a área da casa e de verde a área da horta.

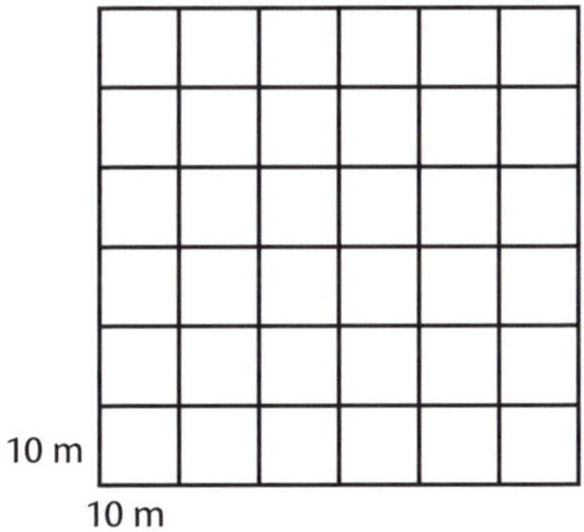

Resolva!

1. Uma sala de aula tem 4 m de largura por 5 m de comprimento. Se as carteiras ocupam 12 m^2 no total, qual é a área livre na sala de aula?

2. Saulo quer revestir o chão da cozinha com azulejos de 1 m^2. Se a cozinha mede 5 m por 3 m, de quantos azulejos ele vai precisar?

3. Wesley coleciona caixinhas e resolveu medir algumas delas. Faça os cálculos e complete a tabela com as medidas que faltam.

	altura (cm)	largura (cm)	comprimento (cm)	volume (cm^3)
caixa A	5	2	3	
caixa B	7	2	1,5	
caixa C		2,5	3	45
caixa D	3	1,5		36

✱ Medidas de massa

Você sabia que os ursos-negros podem comer 20 quilos de comida por dia?

Você sabia que uma abelha produz 5 gramas de mel por ano?

A principal unidade para medir a massa de pessoas, animais e objetos é o **grama (g)**. Veja abaixo os múltiplos e submúltiplos do grama.

× 10 × 10 × 10 × 10 × 10 × 10

quilograma	hectograma	decagrama	grama	decigrama	centigrama	miligrama
kg	hg	dag	g	dg	cg	mg

÷ 10 ÷ 10 ÷ 10 ÷ 10 ÷ 10 ÷ 10

Para massas muito grandes, usamos outra unidade, a **tonelada (t)**: 1 t = 1 000 kg.

✱ Capacidade

Para dizer quanto líquido cabe numa vasilha, usamos unidades de medida de capacidade, como o **litro (L)**.

× 10 × 10 × 10 × 10 × 10 × 10

quilolitro	hectolitro	decalitro	litro	decilitro	centilitro	mililitro
kL	hL	daL	L	dL	cL	mL

÷ 10 ÷ 10 ÷ 10 ÷ 10 ÷ 10 ÷ 10

Você sabia que uma vaca pode dar até 27,3 litros de leite por dia? Além disso, esse animal produz até 124,2 mililitros de saliva por minuto!

Vamos praticar!

Sofia vai preparar um churrasco para a família. Os convidados são 7 homens, 9 mulheres e 5 crianças. Ela foi ao supermercado comprar os ingredientes. Observe as opções de Sofia e responda no caderno ou em uma folha à parte:

a) Um adulto costuma comer cerca de 400 g de carne, e uma criança, 200 g. Quantos gramas de carne Sofia precisa comprar? A quantidade que está na balança é suficiente?

b) Sofia calculou 60 g de arroz por pessoa. Quantos pacotes de arroz ela precisa comprar?

c) Sofia já tem 2 garrafas de refrigerante de 2 L em casa. Se cada pessoa beber 400 mL de refrigerante, quantas garrafas ela precisa comprar?

Resolva!

1. Recomenda-se que a capacidade de uma caixa-d'água seja equivalente a um dia de consumo. Se uma pessoa consome em média 200 litros de água por dia, qual deve ser a capacidade da caixa-d'água de uma família de 6 pessoas?

2. Em receitas, é comum aparecerem medidas como xícaras e colheres. Em geral, uma xícara equivale a 240 mL para ingredientes líquidos e a 120 g para ingredientes sólidos. Se uma receita pede 2 xícaras de leite e 3 xícaras de farinha, qual é a quantidade necessária de leite e de farinha?

3. Um caminhão passou por uma balança na estrada, a qual indicou que sua massa era de 6 toneladas. Se o caminhão vazio pesa 2 400 kg, qual é a massa, em quilogramas, da carga que está levando?

4. A piscina do prédio de Luiza tem 2 metros de profundidade, 3 metros de largura e 5 metros de comprimento. Quantos litros de água serão necessários para encher essa piscina?
Dica: 1 m^3 de água é igual a 1 000 L!

* Medidas de tempo

Você sabia que o o coração do beija-flor bate até 180 vezes por minuto? Você sabia que as asas de um beija-flor podem bater mais de 1 000 vezes por minuto?

Os **segundos**, os **minutos** e as **horas** são algumas unidades usadas para medir o tempo.

1 hora = 1 h
1 minuto = 1 min
1 segundo = 1 s

Veja como as unidades de medida se relacionam:

60 segundos → 1 minuto
60 minutos → 1 hora
24 horas → 1 dia
7 dias → 1 semana
15 dias → 1 quinzena
28, 29, 30 ou 31 dias → 1 mês
3 meses → 1 trimestre
6 meses → 1 semestre
12 meses → 1 ano
2 anos → 1 biênio
5 anos → 1 quinquênio
10 anos → 1 década
100 anos → 1 século
1 000 anos → 1 milênio

Os meses têm 30 ou 31 dias. Só fevereiro, de quatro em quatro anos, tem 29 dias. Nos outros anos, tem 28.

Portanto, um ano tem 365 dias e, de quatro em quatro anos (no **ano bissexto**), possui 366 dias:

28 ou 29 dias → fevereiro
30 dias → abril, junho, setembro, novembro
31 dias → janeiro, março, maio, julho, agosto, outubro, dezembro

Vamos praticar!

Suellen foi viajar com sua família nas férias. Eles saíram de Recife na manhã de 16 de outubro e foram até Natal. Veja os horários de saída e chegada:

Saída de Recife　　　Chegada em Natal

Eles ficaram em Natal por 4 horas, depois foram para Fortaleza. Esse trecho da viagem levou 16 horas, porque eles pararam algumas vezes para descansar.

Em que dia e horário a família de Suellen chegou a Fortaleza? Calcule e responda no caderno ou em uma folha à parte.

Resolva!

1. Responda:

a) Se 1 hora tem 60 minutos, quantos minutos tem meia hora? E um quarto de hora?

b) Uma partida de futebol tem dois tempos de 45 minutos. Se uma partida teve uma prorrogação de dois tempos de 15 minutos, quantos minutos os jogadores passaram em campo? E quantas horas?

c) Uma garrafa plástica leva cerca de 400 anos para se decompor naturalmente. Isso equivale a quantos séculos?

2. Duda combinou de ir ao cinema com as amigas às 20 horas. Ela começou a se arrumar às 19 horas. Se ela demora 35 minutos para se arrumar e meia hora para chegar ao cinema, ela vai conseguir chegar a tempo?

3. O coração de uma criança bate cerca de 80 vezes por minuto. Quantas batidas ele dá, em média, em um dia?

Sistema monetário brasileiro

O dinheiro usado no Brasil chama-se **real**. Por isso, dizemos que o real é a **moeda** brasileira.

Atualmente, existem cédulas e moedas do real nos seguintes valores:

Moedas			Cédulas		
R$ 0,01	→	um centavo	R$ 2,00	→	dois reais
R$ 0,05	→	cinco centavos	R$ 5,00	→	cinco reais
R$ 0,10	→	dez centavos	R$ 10,00	→	dez reais
R$ 0,25	→	vinte e cinco centavos	R$ 20,00	→	vinte reais
R$ 0,50	→	cinquenta centavos	R$ 50,00	→	cinquenta reais
R$ 1,00	→	um real	R$ 100,00	→	cem reais

Veja um exemplo do uso de dinheiro:

Mateus foi à banca comprar um pacote de figurinhas que custa R$ 6,50 (seis reais e cinquenta centavos). Ele levou uma nota de R$ 10,00 (dez reais).

Dinheiro que Mateus usou para pagar:

R$ 10,00 – dez reais

Troco que Mateus recebeu: 10,00 – 6,50 = 3,50.

R$ 3,50 – três reais e cinquenta centavos

Vamos praticar!

Quanto custa cada brinquedo? Desenhe, no caderno ou em uma folha à parte, as cédulas e moedas e depois escreva o valor por extenso.

R$ 85,60

R$ 7,90

R$ 30,00

Resolva!

1. Agda vai comprar um computador que custa R$ 1200,00 para dar de presente ao filho. Ela vai pagar em 6 parcelas iguais. Qual será o valor de cada parcela?
2. Livio foi ao supermercado. Ele comprou uma caixa de leite (R$ 3,10), um pacote de farinha de trigo (R$ 4,15), uma dúzia de ovos (R$ 5,30) e um pote de fermento em pó (R$ 1,90). Se Livio pagar com uma nota de R$ 50,00, quanto receberá de troco?
3. Na mercearia do bairro, José viu uma promoção em que 4 latas de refrigerante custavam R$ 5,99. Cada lata, se comprada individualmente, custa R$ 1,70. Quanto ele vai economizar se comprar 4 refrigerantes na promoção?
4. O salário de Gorete é R$ 2800,00. Quanto resta após ela pagar R$ 900,00 de aluguel?
5. Em uma promoção "Leve 3, pague 2", Camila pagou R$ 13,60 por 3 caixas de sabão em pó. Qual é o preço de cada caixa?
6. A filha de Alberto vai trazer alguns amigos para uma visita e ele quer servir um lanche para as crianças. São 8 crianças e cada uma receberá um sanduíche, um suco e uma maçã. Cada sanduíche custa R$ 7,20, cada suco custa R$ 2,00 e cada maçã custa R$ 0,60. Quanto Alberto vai gastar?

Porcentagem

O símbolo da porcentagem é % (por cento).

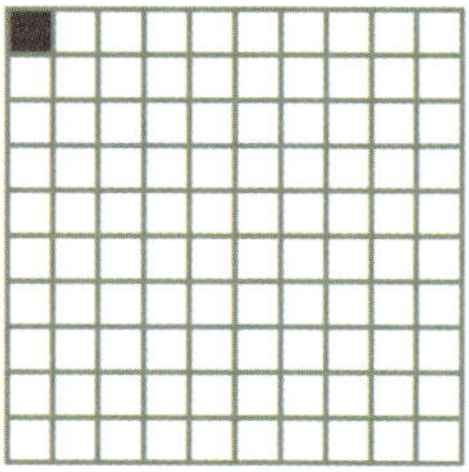

$$\frac{1}{100} = 1\%$$

(Lemos: um por cento)

Para calcular a porcentagem, podemos fazer contas na forma de fração ou de números decimais.

Cauê quer comprar um tênis que custa R$ 160,00, e a loja está oferecendo 15% de desconto. Qual é o preço do tênis nessa promoção?

15% de 160	
Fração	Números decimais
$\frac{15}{100} \times \frac{160}{100} = \frac{2\,400}{100} = 24$	$15 \div 100 = 0{,}15$ $160 \times 0{,}15 = 24$

Assim, o tênis vai custar R$ 160,00 – R$ 24,00 = R$ 136,00.

✱ Juros

Já ouviu falar de juros? Quando você deposita dinheiro na poupança, a cada mês o valor que você tem aumenta. Isso acontece devido aos juros. Os juros podem ser calculados por meio de uma porcentagem.

Pedro quer comprar um *video game* que custa R$ 1 200,00. Ele tem duas opções. Pode pagar à vista ou em 3 parcelas, com uma taxa de juros de 5% ao mês. Quanto vai custar o *video game* se ele pagar em 3 vezes?

1. Transformamos a porcentagem em número decimal: $5\% = \frac{5}{100} = 0{,}05$.
2. Encontramos os juros: R$ 1 200,00 × 0,05 = R$ 60,00.
3. Como são 3 parcelas, Pedro vai pagar R$ 60,00 a mais a cada mês. Em 3 meses, serão R$ 60,00 × 3, o que totaliza R$ 180,00.

Assim, o *video game* vai custar R$ 1 200,00 + R$ 180,00 = R$ 1 380,00.

Vamos praticar!

Uma loja de brinquedos tem os seguintes anúncios na vitrine:

Márcia quer comprar presentes para seus filhos. Se pagar à vista, terá um desconto de 10%. Se comprar a prazo, vai ter que pagar juros de 1% ao mês sobre o valor total da compra. Calcule no caderno ou em uma folha à parte e responda:

a) Quanto ela vai pagar se comprar a boneca e o carrinho à vista?

b) Quanto ela vai pagar se comprar o jogo de tabuleiro e o bichinho de pelúcia em duas vezes?

Resolva!

1. Meu pai tomou do banco um empréstimo de R$ 2 000,00. A taxa de juros é de 2% ao mês. Quantos reais ele vai pagar de juros se demorar 5 meses para pagar o empréstimo?

2. Wellington pediu a seu pai um adiantamento da mesada para comprar um carrinho de controle remoto. O carrinho custa R$ 120,00. Wellington combinou que vai pagar 20% de sua mesada a cada mês até devolver o valor total do brinquedo ao pai. Se ele ganha R$ 50,00 de mesada, em quantos meses vai pagar o carrinho?

3. Rodrigo se esqueceu de pagar uma conta de R$ 890,00. Por causa do atraso, o banco cobrou 2% de multa sobre o valor da conta. Quanto ele pagou de multa?

4. Uma livraria estava fazendo uma promoção: todos os livros com 15% de desconto. Marcelo queria um livro que custava R$ 39,00. Qual o preço do livro na promoção?

Respostas

Página 3
2.
5; 50.
8; 80; 800.
cento e quarenta e um milhões.
Duzentos e um milhões trinta e dois mil setecentos e catorze.

Página 4
1 dezena e 2 unidades + 1 dezena e 6 unidades = = 2 dezenas e 8 unidades.
28.
Há 28 alunos.

Página 6
55 (verde); 138 (vermelho); 107 (azul); 347 (amarelo); 653 (marrom).
1. 93 livros.
2. 606 crianças.
3. 815 habitantes.

Página 7
9 dezenas e 6 unidades – 6 dezenas e 2 unidades = = 3 dezenas e 4 unidades.
34.

Página 9
Depois da aula, Dalila foi à biblioteca.
Resultado das subtrações: 340 – 210 = 130; 93 – 51 = 42; 61–16 = 45; 238 – 152 = 86; 45 – 38 = 7; 872 – 67 = 805; 71 – 38 = 33; 83 – 8 = 75; 46 – 22 = 24; 59 – 26 = 33; 89 – 76 = 13; 98 – 33 = 65; 15 – 13 = 2.
1. 109 km.
2. 1 046 figurinhas.
3. 370 pães.

Página 12
16 × 4 = 64; 14 × 10 = 140; 12 × 7 = 84; 21 × 5 = = 105; 11 × 5 = 55; 30 × 3 = 90.
1. 905 lugares.
2. 896 chinelos.
3. 108 pessoas.
4. 120 garrafas.
5. 252 ovos.
6. 135 botões.

Página 15
16 × 7 = 112; 4 × 32 = 128; 105 × 7 = 735; 405 ÷ ÷ 45 = 9; 90 ÷ 5 = 18; 20 × 14 = 280
1. 7 pedaços para cada uma; sobrará 1 pedaço.
2. 7 ônibus; no último irão 14 alunos.
3. 27 caixas; não sobrará nenhum bombom.
4. 6 pacotes.

Página 16
1. 3 horas; 10 horas; 6 horas e 30 minutos.
2. a) 48
b) 145
c) 19
d) 23
e) 172
f) 39

Página 17
1. a) Abril.
b) 12º ou décimo segundo.
c) Resposta pessoal.
d) 12 competidores.
2. a) quadragésimo segundo
b) 85º
c) trigésimo segundo
d) 73º
e) ducentésimo trigésimo quarto
f) 405º

Página 18

	inteiros	décimos	representação fracionária
5,7	5	7	$\frac{57}{10}$
0,8	0	8	$\frac{8}{10}$
4,2	4	2	$\frac{42}{10}$

2. a) 4,22
b) 3,83
c) sete inteiros e oito centésimos
d) dois inteiros e seis décimos

Página 19
a) 100
b) 10
c) 1 000
d) 1 000

Página 21
Dois quadrinhos devem ser pintados de vermelho e quatro quadrinhos de verde.
1. 8 m^2.
2. 15 azulejos.
3. caixa A: 30; caixa B: 21; caixa C: 6, caixa D: 8.

Página 23
a) 7 400 g; a quantidade da balança não é suficiente (faltam 400 g).
b) Dois: um pacote de 1 kg e um pacote de 500 g (ela precisa de 1 260 g).
c) Ela precisa comprar 2 garrafas de 2 L e 1 garrafa de 600 mL (pois já tem 4 000 mL em casa, e precisará de 8 400 mL de refrigerante no total).
1. 1 200 L.
2. 480 mL de leite e 360 g de farinha.
3. 3 600 kg.
4. 30 000 L.

Página 25
Dia 17 de outubro às 9 horas da manhã.
1. a) 30 minutos; 15 minutos.
b) 120 minutos; 2 horas.
c) 4 séculos.
2. Não, ela vai chegar 5 minutos atrasada.
3. 115 200 batidas.

Página 27
Foguete: desenhar 1 cédula de 50 reais, 1 cédula de 20 reais, 1 cédula de 10 reais, 1 cédula de 5 reais, uma moeda de 50 centavos e 1 moeda de 10 centavos; oitenta e cinco reais e sessenta centavos.
Bola: desenhar 1 cédula de 5 reais, 1 cédula de 2 reais, 1 moeda de 50 centavos e 4 moedas de 10 centavos (ou 1 moeda de 25 centavos, 1 moeda de 5 centavos e 1 moeda de 10 centavos); sete reais e noventa centavos.
Urso: desenhar 1 cédula de 20 reais e 1 cédula de 10 reais (ou três cédulas de 10 reais, entre outras); trinta reais.
1. R$ 200,00.
2. R$ 35,55.
3. R$ 0,81.
4. R$ 1 900,00.
5. R$ 6,80.
6. R$ 78,40.

Página 29
a) R$ 196,20.
b) R$ 87,72.
1. R$ 200,00.
2. 12 meses.
3. R$ 17,80.
4. R$ 33,15.

Gerente editorial: Rogério Carlos Gastaldo de Oliveira
Editora-assistente: Erika Alonso
Coordenação e produção editorial: Todotipo Editorial
Assistência editorial: Isadora Prospero
Preparação de texto: Bárbara Prince
Auxiliares de serviços editoriais: Flávia Zambon e Laura Vecchioli
Estagiária: Gabriela Damico Zarantonello
Supervisão de revisão: Fernanda Almeida Umile
Pesquisa iconográfica: Cristina Akisino (coord.)
Iconografia (p. 6 (acima), 16, 19 (acima), 20 (acima), 22, 24, 25, 26, 27 e vinhetas de lápis nas páginas de abertura): Thinkstock/Getty Images
Ilustrações (p. 4, 5, 6 (abaixo), 7, 8, 9, 10, 11, 13, 14, 19 (abaixo), 20 (abaixo), 23 e 29): Fábio Sgroi
Produtor gráfico: Rogério Strelciuc
Projeto gráfico: Leonardo Ortiz
Capa: Leonardo Ortiz e Fábio Sgroi
Impressão e acabamento:

Fontes das curiosidades da seção "Você sabia?": DUARTE, Marcelo. *O guia dos curiosos*. São Paulo: Panda Books, 2005; MURRIE, Steve & MURRIE, Matthe. *Cada minuto na Terra*: coisas que acontecem no planeta a cada 60 segundos. São Paulo: Panda Books, 2007; *The Guardian*, 30 dez. 2003.

1ª edição
4ª tiragem, 2018
Conforme a nova ortografia

SAC | 0800-0117875
De 2ª a 6ª, das 8h30 às 19h30
www.editorasaraiva.com.br/contato

846463.001.004

Impressão e acabamento: nywgraf